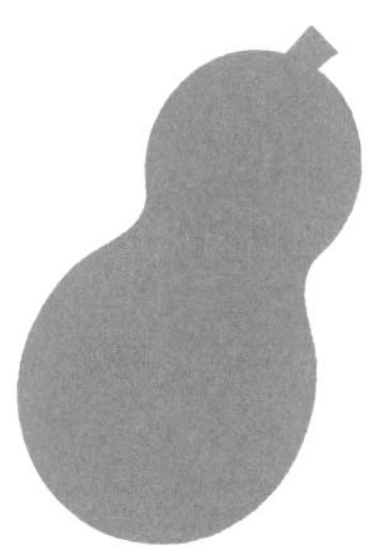

歌集

古酒騒乱

Koshu-Souran

Shuichi Sakai
坂井修一

角川書店

古酒騒乱＊目次

装幀・写真　間村俊一
本文デザイン　南　一夫

歌集　古酒騒乱

坂井修一

薩摩

匙投げてよいかと問へばほつかほか西郷隆盛わらふ夕壁

西郷が大久保がと声たかくなるひとのかをりよこの薩摩揚げ

おい店主伊佐美はまだかふりたまる恥は六腑ですすがねばなう

善玉か悪玉かこころ決めかねてこの手の甲の酎《ちゅう》ひとしづく

薩摩よし黄金千貫焼酎となつてほろほろわたしを泣かす

焼酎よいづれこの世は照り翳りスカイツリーの青の明滅

かをりなく言《こと》を降らせて東京の塔は照らせりわたしのなみだ

佐渡

きんいろの虻をどろんととまらせてつつじの花が笑ひそめたり

春日傘ものおもふらむいたづらに金のひかりを散らすゆふぐれ

わたくしはin《今》 exile《追放中》 ひとを恋ふことばが夜の井の底に鳴る

あめつちに夕日のひかりおとろへて朱鷺たちしあと蟹の殻浮く

いきのこるこの苦しさや春ふかくスマートフォンがまだ鳴きやまぬ

われはただエピキュリアンとして果てよ田螺ゆるらにひげをあそばす

ひとはみな野火のむかうに駈けさりてああまたおなじ春のほろびや

議事録

ホチキスの針の背ひとつかがやかせ議事録ゆたつインクのかをり

ねぶみして引くおいびとが「信」といふ「信」はイ《にんべん》から冷ゆるなり

小刻みにターンしてまたターンして陰《いん》に入るときさしむこころは

てにをはの鎖はつなぐ　春霞いよよ濃くなる抽象名詞

ひらがなてにをはだけの文つづく　このひとは知らず息の緒のこゑ

あたま著《しる》きあてびととかつてあふぎしや絶対零度の言《こと》つむぐ君

俗物を富貴となさむ春寒しぐろーばるぐろーばる鳴くおつとせい

河童

風をよぶ急行の窓　煙草火の黄にくれなゐに照りたる昭和

夏まひるニシンふてねす蕎麦のうへ箸でつつけばニシンがひかる

「磨き、ニシン」これなるべしと字に書けば信州そば屋「阿呆」と笑ふ

はつなつの白樺林ほんわりと胸あからませ牝河童がくる

ゆふぐれはぴんくに染まるをみな見えひとり呑みつぐ河童黄桜

女《ひと》の汗ラム・カクテルの匂ひすと恋へどもつひの傍観者われ

足軽

こころただ風にあそべと銀杏萌ゆああどこまでもあをぞらの氷見

陰と影ともどもに濃き春はきぬ山鳩が鳴くハロー、ハローと

上日寺銀杏精舎さしかはす枝のなかから日が落ちてくる

木洩れ日はわが袖にきて散る玉かものおもふなり恋にあらねど

芽吹くとはたたへきて吐く息の緒か　春くれば蒔く能登の足軽

雨降れよごんごん祭り鐘ならせ　足軽われは祈るほかなく

和より乱　音なくさむくうつる世はふかく黙せよ氷見の瘦面《やせめん》

痩面よ、わたしはどこで死ねばいい？　銀杏萌ゆれば空たかくなる

らつきよう

終はらない書いても書いても　らつきようが夜中にひかるわたしの机

皮むけば夏のらつきよう（しあはせよ）うそつき顔のあらはれてきゆ

どの部屋か男のノラもゐるならむマンションにならぶ鳶色のドア

めとるなら（ふふと男はおもふらむ）ふゆ雪女夏の化け猫

まつさかさまに底まで落ちて闇となる夢もありけむ〈帝国下水〉

スマートフォン人をながめてなにおもふ　〈なにも知らないわたしのとりこ〉

特異点ちかづくけはひ　わが作《な》しし電子貯金箱われに無心す

青べうたん

家いでてどこへゆくのか青べうたん春ほつほつの芝生のひかり

青べうたん入学式の椅子のなかこはばる見えてわれ白髪掻く

啄木の夭死のことも思ひいづ青べうたんが咳する聞けば

労咳もいくさもありし明治の世かへりこむとはわが思はねど

学はただおのづからなれ顔ふせて黙してをれば春雷きこゆ

ほほゑみはきみが母なり春めぐる五十五回をひかりとなりて

深爪

朝の水紫陽花を打ちわれを打つ　四十億年すきとほる水

けふこそは仮病で退かめ　ねがへども飛行船さつきから動かない

世をうとむこころを知るやトラ猫よ牡丹の花に白目するなり

阮籍は殺されたるや自死なるや　茫々と切る夏は深爪

自殺・他殺その境グレーゾーンあり魏の阮籍にエミール・ゾラに

深皿の冷製スープのうすみどりまろまろとただ甘いゆふぐれ

たゆたへど沈まぬしろきクルトンよ沼に落ちゆくしづかなからだ

蠟の火よこのカベルネはまだ若いだけど待てない白髪頭は

デキャンタへ糸曳く赤よカベルネよ仏桑花ひとつあらはれいづる

チェダーから始まりゴルゴンゾーラにて果てゆくひとひ　胃をきしませて

匙入れてメロンをくづす夏の皿　匙は甘露の霧にまみるる

きんつば

剣菱を干してまた酌む夜のはて四角四面のきんつばがゐる

きんつばはむかしひらたくまるい菓子　そのみなもとは武士のたましひ
きんつばをほほばりてわがおもへらく〈鍔〉の下なるしらはのひかり

きんつばは金の鍔なり鍔に指かけてひと待つ人斬り以蔵

人斬るは国のためぞとたからかに澄んだ声あり光るきんつば

きんつばの皮のなかなるつぶつぶは暴れたからむことば知らねば

きんつばの皮のまだらに楊枝刺しものの言はずをりことば知るわれ

世界一周の旅（まだ若いきみに）

天《あめ》なるやサラ・ブライトマン声降りてひらきゆくきみのふたひらの耳

このあした胸を見てゐる水鳥よつめたい空がきみを待つてる

ああきみも翼もがれてその背にはふくらみやまぬ夢の丘ある

負の遺産つみかさなりてバベルの塔そびゆる世界　辛くわたらめ

摩天楼ひかりの裾をひくものよ　ひかりはさらす千条の傷

ただひとり神在《ま》す国におもふらむ高天原の素戔男の乱

ジャンボの中　日本捨てよときみにいふ捨てそこねたる阿呆がまたいふ

李　―沼津にて

にごり酒一合二合はやつきておづおづと夜をころがるすもも

酒あらぬさかづきの底蛇の目みゆ　むらむらと怒りしくしくと泣く

ものを見よ、馬鹿になるなと声あげし昼ありき夜はつぶやくばかり

香をたてでのぼりゆきしや死にゆかむ若山牧水そのなかの酒

声たてておほごゑたてて「松切るな」林和尚の喉あかあかや

すももにもよき顔あしき顔があり　もの知り顔は最悪の奴

あんぐわしてなほやすらはぬ夏の夜の消えゆかむ酸きすもものなごり

宮古

ゆふぐれは空気をゆらす蒸気あり料理屋「宮古」さかづきのうへ

泡盛の甕に巻く縄　指かけてそそげよ凝《こご》るひとのこころに

泡盛はひかりをたたふ　くちびるをかすかゆがめてひと笑ふ国

古酒《クースー》よ人頭税石おもひだせ永遠よりも重き石なり

宮古島岸に寄る波よるさへやひとめよくらむ言葉をもてば

くらやみに今し立ち立つなみがしらひと知るなけむ崩れては立つ

老眼

そばつゆに山葵をおとす星の夜　やまとたけるはまだ草枕

舌のうへ茗荷がのりておづおづとノックするわがこころの扉

勝負とは笑顔で並走することか馬ならぬ身をわれら鞭打ち

合戦はむかしなれども草の陰まなざし暗くひとはあらそふ

去るは友残るは敵ぞ　たましひを売れば勝てるとメフィストフェレス

老眼度数一から二へのうつろひはわが宿敵の輪郭ぼかす

去りがたきページよここに與謝野晶子老いて売文の悲しみを告ぐ

蛙

あまつぶは朝に　陽のつぶゆふぐれに　蛙のわれはまた泣きわらひ

頬杖で「ワタシハ蛙」つぶやくは鷗外、迢空、この世のわたし

おほがへる鷗外死んで　えだがへる迢空死んで　また蛙鳴く

はづかしいおたまじやくしでつるつるとあちこちはあはあわたしはいまも

足が出て手が出てやがてゆふまぐれにんげんが出て滅ぶひかりよ

「ほろぶね」とマジでいふから笑つたぜ浦の苫屋の珊瑚のかけら

蛍光灯今はのきはのちりちりとあたまのうへで鼻歌うたふ

鶴亀

草の上くるんと頭めぐらせて蜥蜴は見たり　雲と木と人

秋あざみ池のむかうもこちらにもちひさな襟を立てて吹かるる

石畳踏んでも踏んでも石畳　霊長類の踵にひびく

これやこの三四郎池みなもには夕日にならぶわたしともみぢ

こもれびよ先生になつて二十年無芸小食笑はれながら

わたしいま広田先生この池でわかききみらにいふ「滅びるね」

ざりがには渦に呑まれてひと踊り　かひなき世とはいはず踊るよ

廃井に蔦茂るみゆにんげんが絶えてもくるくるざわざわの蔦

いつのまに背にゐる童子目は見えず死んでゐるのにお話をする

図書館

「武鑑」あり江戸古地図あり退官のまへにまみえむ鷗外文庫

『於母影』の「ミニヨン」の訳こそこそと長月長夜われをくすぐる

福武ビル

もうゐないあのほそい脚とがる顎　デジタル・ナルシス西垣通

息ひそめ四半世紀の赤ワイン　コルクを抜けば牝鹿のかをり

欷歔よりも沈黙よりも悲し悲し　若き博士の愛想笑ひは

社会悪さまざまあれどベテランが禄食むをきみは悪とおもふらむ

いたづらに阿呆のふりして笑止よと『亀のピカソ』をいひしひとあり

鶴亀も阿呆ならねば生きられぬ　とまでは言はず　われもほほゑむ

バイオの菊の青い花

塚本さんわたしのうしろでうめいてる秋あした青きくりさんてむん

あそぶ

神ゼウス葡萄畑で放屁してあるきはじめるあけがたの道

神あまたほほゑみたまふゆるき国ギリシャ・日本蔑さるるいま

黄落のはじまる朝はくるしきか銀杏並木もわれもにほへり

つつぷして昼休みなり脳のなか白秋あそぶ万劫亀と

ひとの世をこころはなれてあそぶなれざぶざぶと立つなかぞらの波

鬼怒の真鯉、利根の緋鯉とであふとき髭ぴんぴんとうれしがるらむ

ジェット気流われを巻き上げ落とさむか落とすべし饐ゆる菊の畑に

発禁

西洋美術館

地獄門おとづれて散る木枯らしの音にきこえて日本は地獄

枯れ枝にカラスは鳴かずからつ風びしびしと来てどつと帰る

上野山、根津谷、本郷七丁目　冬陽の縁《へり》をくだりてのぼる

山川健次郎胸像

健次郎もと白虎隊　うなだれて過ぎゆくわれをいかに見たるや

土の中蟬の幼虫あそぶらむ　来夏に出でむ彼こそあはれ

安田講堂

「講堂のトイレを貸せ」と老爺ふたりわれに寄せくる恐ろしきかな

あてびとに目で叱られてふるへてる一輪挿しの侘助のはな

版木なき金もなき世の侘助へきんぎんまさご日はふりそそぐ

あしひきの山椒太夫、かぜかをる五条秀麿　悪しきはいづれ

色欲はひとさし指に消《け》のこりて爪の三日月昼をかがよふ

発禁の下知あり　銀の眉ふたつよせてとまどふ老いびとカント

ふうとつく五十七歳息ふかし付箋の先がまだ揺れてゐる

凧

びんびんに張りつめてものおもひゐむ夕空にまふ凧の義経

くもりなき金の鍬形つけて舞ふ敗将はいまも空にのこりて

弁慶は風のなかこゑをあげてゐむ届かぬを知るさびしいこゑを

人の命かろんじ逸る義経は逆艪つけず退路断ちたり（『柿生坂』岩田正）

岩田正は義経嫌ひのど赤くふくらませいふ「人の命なし」

枯れ芝をゆらしてしづむ夜の雨　眉よせ見をりきりたつまでを

頼朝は朝から寒い　口の端のよだれをぬぐふ評定の座に

剣菱は戦国生まれ　星の夜　わさびの茎を嚙みつつ呑めり

オリオン

鬼怒川が利根川にあふ陸の端　闇より闇へ水は渡らむ

利根の空体《たい》かたむきしオリオンが光のしづくしたたらす見ゆ

オリオンの胸の剛毛けぢめなしはるばると散る真冬のひかり

金の髭オリオンは空の情のひと悲しき冬よ空も波立つ

子は口をゆがめて黙す　星にしかなれない冬の狩人のかほ

真夜中の空に吸はるる子のひとみ生きがたかりきオリオンは友

生くるとは返り血あびて進むこと返り血はなち明日は消えなむ

西見れば冬空冴えてオリオンのおほき棍棒もしづみゆくなり

海老蔵

三越を過ぎてせいたか歌舞伎座をみあぐれば来たり春一番が

ふたの裏すつくすつくとしろたへのごはんつぶ立つ歌舞伎弁当

歯の裏でつぶやいてみる　嵐またきみに吹くのかきみが嵐か

名にし負ふ團十郎はみな不幸　どんどん太鼓鳴らして春ぞ

ああきみはわかき乱神七分咲き桃の小枝を折りて狂ふと

阿国また鬼の一族そのはての花鬼の長《をさ》ときみをうやまふ

さあ逃げろ江戸からそして舞台から　声はすれどもきみにはできぬ

茄子紺

十年後蠅取り紙の値もあらぬ博士論文ぞ夜すがら読むは

よいか君この証文をホゴにすなわれより怪《け》しき人間となれ

おもほえばつきづきしくも鷗外にふたつの博士漱石に無し

腐れ縁わたしとはくしい　漱石がこばみたること今に妬まし

からつぽの壺はなみだを流さない　うらやむならず春のからつぽ

地下の道ゆきてもどりてわがひたひくぐらず帰るのれん茄子紺

実篤

目覚めたり　枕の横に『馬鹿一』がくるくるぱたりくたばつてゐる

ねちがへて回らない首『馬鹿一』の表紙見るほかせんすべもなし

なんでこんなにおまへの頭重いのか　がちがちぱきぱき肩がつぶやく

なんでこんなにおまへの頭悪いのか　ものをおもへば巓頂がさぶい
実篤はおほいなる馬鹿　吸ひよせて散らしめてながくひと悲します

やうやくに起き上がれども首曲がる阿呆修一『馬鹿一』拾ふ

まないたに震ふむらさき春なすび包丁こはいかもそとこち寄れ

ちらんほたる

肩にゐる袖にゐる花ゆふまぐれうつつうすしも夢まで揺るる

さきいそぐわれかちかちの怒り肩あかるんでゐる桜をのせて

さくらさくら水のなかなる月読のここに落ちよと呼べば降りくる

ふためきて夜のさくら花とび散るを木もにんげんの黙も老いゆく

さりゆくは瀬におちし花　しづみゆく淵にふる花　わたしは淵へ

をとめのほほうすきくれなゐふくらんでやがて息はく　サクラガサイタ

くらぐらと昭和の桜散りすぎてあやなくおごる平成ざくら

アスファルト湯気たてながら闇の底わかものの足汚れゆくらむ

昼をふる夜をふる花見あきしや視線さまよふスマホの面《おも》を

花よふれ三界の夜をかざるべくますらををとめの血の花よふれ

坂井修一、あだ名馬鹿一

馬鹿一をすつく立ちして迎ふるはちらんほたるのまつさをな壜

おとほしのちりめんじやこのちさきやま黒きてんてんの目があり悲し

わがとなりコップのなかにお湯入れて黙禱をしてちらんをそそぐ

コップのなかの不発爆弾この氷から、と崩るるぴ、いらん、いと鳴る

火のうへで豆腐と青菜と葱が泣く泣かせしやかの日知覧の母も

身を捨ててうつくしめよと咲くならず知覧のさくら、ファルージャの薔薇

さうニャのだ、白黒つけてひとごろし　いつもどこでも神さまのせゐ

「一神教は中東の風土病ニャのだ」（山井教雄『まんが　パレスチナ問題』）

おしだまる時間もろとも落ちゆかむわが呑む酒のちらんほたるよ

篠竹のささくれ竹の風折れや白目できない阮籍わたし

ちらんほたるロックで五杯あとはもう夢もうつつも地獄のほとり

May the Force be with you! (Star Wars)
うつむきて目つぶるときもともにあれ宇宙のフォース、春のことだま

地下鉄千代田線

いちまいの暗闇のおも見せながらさむいさむいと電車がすすむ

ふろしきの唐草模様見あきねど鋼鉄の網がくひこんでゆく

霞ケ関、二重橋前　すみやかにひとはうつろふ夜の底の道

つり革はけふのわたくし揺さぶられをちこちでぎぎ、ぎぎと啼きたり

ほんたうはひとはそんなに殺せない　液晶の敵を撃つ若者よ

けぢめなき光と闇をおよぎきてわれはわれ見る眉間をよせて

地下鉄の車窓に鬼のまなこみゆあわててつぶるこの鬼の目を

つねならぶエスカレーターと階段と　膝たかくゆく階段がよし

踊り場のひとときは過ぐさくらばな肩をはなれてふたたびちらん

さくらばなちるらむ知覧いつ訪はむ　しづくを垂らすあかときの雲

団子坂

朝歩くわたしはじやばら　ゆれるたび光と音がからだ出てゆく

厨子王を待つ母の前　百草をささめかす春の朝のそよかぜ

いちまいの銀の刃入れてにんげんの「笛」ひゅうひゅうと言葉を鳴らす

この枯野あした春日野　ぽろぽろとからだ剝がれて花の散るらむ

すぢ雲が消えて綿雲　鷗外がお志げに向ける「退官」の顔

葡萄酒

トスカーナ花野のかをり壜をでて黄の蝶がとぶわたしの時間

ほほほほ葡萄酒の霧かかる夜半わたしもミーも獣のなかま

にんげんのすぐれてよきは皐月闇サンジョベーゼの色香に迷へ

リモコンを押しちがへ見る夜のテレビ　ＡＩがひとを凌駕するちふ

「知はすでにＡＩのもの」このひとは知らずや金の葡萄の息を

可視化せよ、数値化せよ、で　起動する　わたしのなかの爬虫類脳

ひとはいつ良き動物にかへらむや　バッカスの髭なでつつおもふ

根岸

上野桜木ゆるり過ぐれば根岸なりぬくぬくと楽し歩く東京

雲の底かすみてつづく眺むるはいのち途中のいちはつの花

いちはつの咲きてうたびと嘆かせし明治の根岸しづかなりけむ

忙なるは町にやすらぐこつ、なりと逢魔が刻の電信柱

笹乃雪豆腐づくしはたのまねど先兵が来てふるふるとゐる

寒梅の二合、久保田の一合をのみどに送るわれもゆふやけ

月いでて畳の黄《きい》もさびしきにうづみ豆腐を音たてすする

飛鳥

日あたりて顔なき地蔵あらはるる大和よここは夢ほろぶ土

よだれかけ塵をはらへば朱《あけ》の色あざらけし時空消ゆるここちす

この石を打ちてなしたる顔ありき　顔うせて仏ほほゑむならむ

わがうたの詠み人知らずとなる日来よつばさをかへす宇陀のつばめよ

呼子鳥われもまづしきことのはのしらべに真《まこと》こめてわたらむ

ひとの世にさよならをする時ちかし　見まほし飛鳥たちわたる雲

無名峠の桜ひともと母のごと咲きて苦しむ昭和も今も

唐討てと額田うたへるかの夏もかきつばた風に揺れやまぬ溝

疾風《はやて》きてうちふすあやめかきつばた人は変化《へんげ》す見返りもせず

こぎいでて白村江を妻と見き二十年《はたとせ》前は凪でありしか

負けいくさ何まなびしやいにしへの飛鳥びとまた昭和ますらを

防人のこころをもちてうたふこと吾《あ》にあらざりき子の世はいかに

橋よわがさぶき玉の緒渡るとき波のなかから「よいか」のこゑす

壬申の老いたる兵も橋渡りかへらざりけむ南中の日よ

野口王墓

天武・持統名はつよかりき春の鳶高鳴くときぞさびしさを知る

アマテラスすなはち持統のくるしみを千三百年見よと明日香は

あかねさす記紀の太陽ぬばたまのわれのあたまを穿つきりきり

されどわれ古事記を愛す山彦がわたつみの姫めとる古事記を

持統から元正へゆくほそき道そつと照らせり里中満智子

皇女《ひめみこ》の恋ぞつもりて万葉集血はしづやかに流るるならず

楓の木千の若葉をざわめかせ降りくるひかりにんげんのこゑ

春すぎてどんな夏来む香具山の右のなだりに波波迦はにほふ

青春のわれをささへし文ありき「万三郎の当麻を見た」と

當麻寺伽藍のすきま石と水すずしけれども牡丹が重い

わが吸ふは二上山ゆ来たる風　大津皇子の衣《きぬ》のさやけさ

したしたの折口信夫ひいやりとわが首触《さ》やるあやしその指

当麻より二上山をみあぐればステルス無人機天《あめ》わたるみゆ

唐草文そは唐ならずギリシャなり乾いた風に葡萄生《な》る国

無人機の脳となりつつＡＩに深くあやなす人のこころは

銀色のコンピューターをわが作《な》しきその体内はぬくき風ふく

虎よりも猛なる機械コンピューター栄光のごと罪のごと輝《て》る

しきしまの板蓋宮に咲く蓮《はちす》ひさかたのひかりあつめて揚羽

鹿

蕨食ふ馬酔木食ふ鹿奈良の鹿かなしとみればぽろぽろ糞《ふん》す

目がふたつ胃がよっつ君のみはるかす八方あまき芝草の海

せんべいにわれに迫りて鹿の鼻息するたびに湯気さやるかも

アスファルト昼すきとほる火がたつとこの鹿あの鹿車道にをどる

鹿の道、自動車の道交じらふは鹿痛からむ申しわけなし

牡鹿牝鹿われ妻のぼる三笠山　山をかさねて神遊びけむ

夏は来ぬ闇浮まるごとふきとばす神の鼻息たのしからずや

鹿ならぬ駄馬のわれかな神のなきヴィトゲンシュタインのなき世さまよふ

「語りえないことについては人は沈黙せねばならない」（ヴィトゲンシュタイン『論理哲学論考』）

ヴィトゲンシュタイン小脇にわれののぼりゆく坂よ「語り得ぬことは歌へよ」

あまつかぜ雲を吹き消すうるはしの述語論理はわが目にあそぶ

ビンゾコメガネくもりを拭いてゲーデルがわれをいざなふ不可知の岸へ

うつせみの人より出でてしらしらと囲碁コンピューター人を虚仮にす

われと妻、鼻黒の鹿も三笠山のぼりきて吐くおほきな息を

亀

この亀はこころの旅をしてゐるか石につまづき石のふりする

亀の時間ひとの時間どこが違ふのかわれ考へる言葉ならべて

亀の甲羅ふつくらかたし言葉もてかたづけむ生《よ》は彼にはあらず

いつ死ぬか知らねどおもふ人間をほのぼのとこの亀が見てゐる

フェイスブックに「いいね」してまた仕事してぐちゃぐちゃにする液晶の顔

液晶に字も絵もならべぷつつんと消して寝にゆくわれもぷつつん

こちよこちよと答出す昼すぎさりて歌のことばがダンスはじめる

どくだみ

花終へて匂ふほかなきどくだみよ妻に嫌はれ狭庭に揺るる

月のひかり葉群にしみて消えゆかむ裏まで匂ふどくだみのみどり

妻はたぶん知ることはなし　どくだみのここに茂らむ死にものぐるひ

どくだみの夜のからだに育ちきて凝《こご》るこころよ熱くさびしく

ひと落とす百の手百のこころ見ゆ闇浮たちまちプラットホーム

じたばたのわが三十年厭はれて月光くまなき庭に咳する

同じ根の命なるべし夏草の藪蚊裾よりわれをうかがふ

朝顔

あんどんに仕立てられたる朝顔のまきのぼりきてむらさきの面《おも》

冴え冴えてとほき嵐を待つこころわが目のなかの朝顔一花

まろまろと朝顔の花のむらさきよしづごころなきわれを悲しめ

日はしろく空に凝《こご》れり朝顔はいそぐなからむ蝶をあそばす

荘周は蝶なりといふ蝶はわれ無限連鎖のそよかぜよ来よ

鳴けや鳴け谷中の溝のがまがへるほのぼのと降る雨にあらねど

華氏百度日本に満ちて犬の鼻、蛙の水かき、わが脳乾く

風切

シベリアに妻問ひけらしかりがねのみちのくの空打ちて降りくも

雲の層ぶあつく重ね秋の空かなたひかりてかりがね降ろす

おのづから風切を振るかりがねのわれの見てゐる澄みはてぬ秋

ワシントンもラムサールも知らずかりがねのくうど鳴くとき夕陽ふくらむ

ことばなきはのどかなるべしされど悲苦いかに頒たむ雁の夫婦よ

秋暑し南にゆかぬ雁あまたあそぶらむ蝦夷の田をにぎはせて

その昔都の池にも雁あそびひとは出家とふたのしみありし

塗中

かりがねは空の網目をくぐりしか　わが目のなかに影が点、点

かりがねを抱きしひと去り泣きにけむお玉の坂よ妻と降りきぬ

「棹になれ」妻がうたへばはるかなる雁のしんがり悲しかるらむ

吹くからに柳の髪をずたずたに人の世の末見よと木枯らし

塚までの道いくたびも折れ曲がりそのたび飛び来《く》銀のつぶてが

あきざくら折れては立たむさみどりをこの秋は見き　わが折るる冬

池の面《も》よわれは流離の顔を消す　秋のことばをなくしたわれは

鷗外は與謝野寛の手紙読む塵ふりやまぬ陣中の椅子

柏手をうちてうたびと呼び寄せし観潮楼は馬もいななく

三十年卑怯重ねて見開きし文豪の目はひかりそめしか

與謝野晶子産屋に見たるまぼろしをつひに見ざりき斎藤茂吉

赤霧呑む妻と黒霧干すわれと世ごとひとごと語りやまずも

妻は問ふ「汝《なんぢ》老い人ならざるや」わがいらへ「花咲か爺で死にたし」

たのしきは梁塵秘抄・閑吟集むすぼほれつつ解けつつことば

塗中の尾ここにあるべしわれの尻うつしてひかる湯屋の鏡よ

久保田淳『鏡花水月抄』「あとがき」

至文堂、學燈社そして岩波の「文学」休刊　こころこそ死ね

書きそめしこころをもてば書き尽くせ　ことばよりわが死は早からむ

われの脇汗しやまずも　夜半過ぎて督促メールあをく閃く

東大出版まだ生きてゐるそれゆゑに督促来たりメールたふとし

妻はよきことば織り姫この寡黙貫くべしや冬の牛飼ひ

ひい、ふう

われ冬のおんぼろ時計ぐるぐると手足回してぼんぼんと鳴る

ぼんやりと白ひろがりて寒の空鵯《ひよ》落ちてゆく　ひい、ふう、千、万

いつしらに彼奴《きやつ》こそは友　極楽にタールを塗れる斎藤茂吉

吹き出物わが歌にあり学になしああ死ぬほどに吹き出物いとし

美名あれど歌おとろへしカナリヤよもう歌ふなよ夕陽が痛い

大手町金蠅銀蠅音たてて寄りくも　われはほほゑみの鰐

木枯らしのなかに落ちくる夜の雨あらはれ消ゆるあばらやの窓

銀杏《ぎんなん》が遊歩道打つびしびしの夜半の音あり書斎が寒い

夜半の雨書斎の窓の嵌め殺しこころの撃鉄起こすわれ映ゆ

水飲むと夜の台所のぞくとき木下杢太郎ものいはず泣く

杢太郎暗黒塊となりて泣くこの台所立ち去りがたし

だけど君、文芸やめちゃいかんだろ　五足の靴の一足の君

杢太郎を童顔といひし女あり　われを歌下手といひし嫗も

電気系会議室。写真額の鳳秀太郎が私を見おろす

與謝野晶子はかなしい女神　わが祖《おや》の秀太郎も見よ黒髪の春

あさぼらけ凌霄花枯れて鳴りむずむずと立つわが無精髭

銀三十枚

悪だくみ彼らするらしふりそそぐ銀杏落葉はけもののにほひ

ふらふらと銀杏の葉こそうづまきて消えてゆくらめ　なかぞらは闇

われを売る銀三十枚の一枚かスーパームーン夜をわたりゆく

そのことば凍てつくひびきたふとかり「加藤君、牝鶏になつちやいけませんよ」†

† 柳田国男が加藤守雄に告げた言葉。折口信夫同席の場で。

牡丹花は冬こそよけれ土を出てすつくと立ちて白ふくらます

酔ふはただ阿呆の業《わざ》ぞ　マルゴーの空き壜あそばせわれは老いびと

釜

「電気釜」なんとレトロな名前なりふつふつたちてお米のあぶく

ふくらめる白立ちならぶごはんつぶ　足立たぬ父は箸にまぶしむ

二度押しで「おこげ」つくると母のこゑダイニング父のいらへはあらず

雀きて首ふる窓へわが父のまなこ見開くまたたきもせず

白と黒おこげごはんのゆふまぐれ父おもむろに「わしャ消える」とふ

「薬より水だ」しづかな父のこゑ「満濃池へボチャン」つぶやく

いまここに空爆あらばいかにせむ声さぶき父を背負ひてわれは

蓬萊

浅葱色手摺りをつかみちちのみのもの言はぬ父は牛歩をなせり

その昔牛と呼ばれし父はいま息の緒ほそきよその牛なり

睦月如月刃《やいば》のごときからっ風吹きすさぶなりわが父の肺

すきとほる父はまるごとすきとほりちかづいてゆく蓬萊の国

顎とがらせのびあがる父よ　瓢湖より首あげのばす白鳥かこれは

岩波ホール

家族より逃げ来しならむ肩寄せてふたり見てゐる「家族の肖像」

時計みて見ぬふりをせし　ふるき友妻ならぬひとと手つなぎならぶ

バート・ランカスター

サンジョベーゼかネッビオーロかあの赤は　老いし名優の鼻がちかづく

バスルーム静謐なれどあやなして闇に落ちゆくタイルの模様

ヴィスコンティは血の匂ひまた紅《べに》の香や甕も花瓶もをとこをんな

若きらは裸で乱れあふがよし　わが友はそと膝掛けに手を

あなむつごあのスクリーンこのうつつ　ペットボトルの茶を干すわれは

うすがすみ

母はいま弥生の野辺のうすがすみさまよひ歩くゆふべの鶉

身とこころ溶けてしまふと母がいふ陽炎に立つつくしのやうに

鐘打てばここは谷中の長明寺ごおんごおんと母もつぶやく

ごおんごおん空にはひかり地にはひと花はいづこに飛びてゆくらむ

花の下のつたりとくろき墓がありそのとなりには母のゐがほが

さよならの息の悲しみやすらかさ恋ふとき桜ほつほつと照る

さくらさくらあこがれのごと死のひかる若き日はおほき嘘でありしや

天元・小目

ＵＦＯの舞ひ降りこしと見ゆるまで石はかがやく天元の黒

白はヒト黒はＡＩ　碁はすすむ白の小目を置き去りにして
音たてて黒は打たるるとんとんとんとん老いたる人の肩たたくごと

この模様どこか似てゐる　カトリーナ過ぎたるあとのグーグル・アース

ひそと白光りそめたる小目なれど遅きか爪嚙む本因坊よ

控室「待てよ、いや待て」解説の声たつよ白き髭ふるはせて

人工音声「モウアリマセン」その後の沈黙はさぶしヒト騒ぐより

ゆでたまご

ガリバーの絵の上にゐる朝の蜘蛛ふつと息かけ走らせてみる

蜘蛛走るガリバーの腹、胸、頭　くすぐつたからむしばし耐へゐよ

くろい靄あたまのなかであばるるるを蜘蛛にあらねば吐くすべもなし

あたまから卵を割れと帝王の声すもここはガリバーの国

ももしきのテーブルにゐるゆでたまご割りたしと見つそのお尻から

しろい殻ほろほろ落ちてゆでたまご丸くとんがる霧雨の朝

ガリバーは勝ちにけるかもたまきはる命あらそふ卵のいくさ

あやめのからだ

壺としてあやめのからだ包むときエミール・ガレゆ霧たちのぼる

風の落とす夏のあやめの青しづくガレの花瓶のおもてを濡らす

夏とんぼガレの観るとき鉛直に立ちてしばらく裸体なるかも

さやるほど心は墜ちてゆくものかガレの壺その膚の彎曲

そのおもて葡萄のふさがふくらめり購ひてわが骨壺とせむ

なまたまごコップで呑んで走りだすスタローンああ痒いむらぎも

むらぎもを茂吉はつかむ　むらぎもの裏ゆく影を沼空は見る

うづを巻くうなじのうぶ毛息吹かばゆらめく位置にありとこそ聞け

声たかく美女《びんぢょ》はわらふばかりなり「あなたを抱いて世界を産まむ」

わが肉のなかをゆく血を子につなぎこのひとは笑ふわが知らぬ顔

栗川稲荷

ふらふらとにんげんわれが敷石を渡ると鳴けり昼のカラスが

生姜の香ほのかのこりて乾きゆくわが舌先の赤子めくなり

赤き鳥居いくつくぐりてわがからだ夏の臓腑のうづまきやまず

栗川の阿吽のきつねわが知らぬ不穏のことばもてあそぶらむ

瘦せぎつね阿形吽形くんくんとをみなとなりてまひる寄りくも

なまめくは言葉よりわがくちびるか阿も吽もまだ云ひしならねど

わたくしはにんげんの香にとほりすぎきつねは銀の眉間ひからす

玉砕

わたしいまタマオシコガネあたたかいフンをさがしてのしのし野原

ひかりそめし空気のなかをフンコロガシわたしうつとり玉をころがす

フンコロガシの玉は砕けて食はれけり　爆《は》ぜて消ゆるはにんげんの玉

うすばかげろふ

蟻地獄のむかしはむかしふんはりとそよかぜに浮くわたしかげろふ

つるの先ふかふかの花朝顔にゆまりをかけてわれ発ちゆかむ

真夏の陽すべりおつると銀の墓立ち立つここは東野《あづまの》の果て

さやうなら真夏の墓よちちははよ羽化せしわれはすでに老い人

南中の陽は苦きかなわれのこころ問ふもののもなき灰色の垣

草野来て妻問ひのわれ　蟻地獄ひとつ作《な》すほかせむすべもなし

なかぞらのひかりあつめてかがやける夏の扉はわが死の扉

かいつぶり

かいつぶり首赤らめば夏深し明日知らぬごとけれけれと鳴く

息止めて心も止めて水の中もぐつちよむぐつちよかいつぶり飛ぶ

世に出でて三十五年見返れば鳰の浮き巣の揺れゐるごとし

鳰のこゑ泣くと聞こゆるわが耳をわれは悲しむ夏果ての陽よ

かいつぶりなぜ子を持つや子のわれはちちははは捨てて歌なぞ詠むに

かいつぶり子を背に乗せて泳ぐとも子は覚えざり黄金《きん》の夕日も

みづうみは金錆色に暮れゆかむ鳰のこゑ消えわたしはうかぶ

「ＮＨＫ短歌」より　―ゲストお迎への歌―

高橋惠子さんへ（平成二十八年四月）映画「遊び」に寄せて

すきとほるからだ夢まですきとほり水わたりゆく朝のあなたは

床嶋佳子さんへ（平成二十八年五月）　テレビドラマ「あぐり」に寄せて

夏ふかくきみ若人にふれしときかきたたせけむ銀のことばを

あめくみちこさんへ（平成二十八年六月）　題「夫婦」
折句「みちこ・B作」（あめくみちこ・佐藤B作ご夫妻主演劇へ）

三谷幸喜は知恵のひとなりことだまをビー玉にして作る曼荼羅

いとうまい子さんへ（平成二十八年七月）　心の友であった犬のアトム君に
折句「いとうまい子」

いまもきみの陶冶のこころまもるらむ犬のアトムはこの空の上

森口博子さんへ（平成二十八年八月）　テレビドラマ「てるてる家族」に寄せて
折句「博子、愛してる」

灯をともしロンドでうたふこの夕べ愛《いと》し昭和よてるてる家族

こだま愛さんへ（平成二十八年九月）　ミュージカル「ミー・アンド・マイガール」一幕より
折句「ミミ・ウタコ」（主演二人であるこだま愛・剣幸の愛称）

身に揺るる水玉模様うれひひとつたたへてサリー声澄みわたる

剣幸さんへ（平成二十八年九月）　同じく「ミー・アンド・マイガール」ラストシーン
折句「ウタコ・ミミ」

うつしみをただよひいづるこのこころ身を捨てて行け水のランベス

益子直美さんへ（平成二十八年十月）　バレーボール部監督就任を記念して
折句「直美・益子」

なほ翔《と》ばむ身はアスリートまつすぐにスパイク打てばコートが震ふ

星野真里さんへ（平成二十八年十一月）「3年B組金八先生」の坂本乙女さんに寄せて
折句（句末）「星野真里」

われはなほおんぼろ案山子草深野乙女笑《ゑ》むさままみまもるばかり

早見優さんへ（平成二十八年十二月）
沓冠折句「夏色のナンシー」

夏のドレスツートンカラーいや若しロックでゆかんノースショアかな

押切もえさんへ（平成二十九年一月）　出演番組「英語でしゃべらナイト」に寄せて
折句（句頭）「涌井もえ」、（句末）「ワイン」（題「ワイン」の祝婚歌）

わがひとはくちびるに愛イリュージョンもしもしハロー「英語でしゃべらナイト」

島谷ひとみさんへ（平成二十九年二月）
沓冠折句「亜麻色の髪の乙女」

あそぶ髪舞ふ歌姫のいやさかをロザリオの玉と野薔薇　祈らめ

中田喜子さんへ（平成二十九年三月）　映画「華の乱」の山川登美子に寄せて
沓冠折句「春よ、来い」「連想ゲーム」

花よ降れ流謫《るたく》とならん夜をこそ恋に賭けよう命のゲーム

あとがき

『古酒騒乱』は私の第十一歌集。二〇一五年春から二〇一七年春までの作品から、四百二十三首を選んで一冊とした。年齢的には五十六歳から五十八歳までということになる。作品をまとめるうち、焼酎、ワイン、泡盛、日本酒と思いのほかお酒の歌が多く、またこの本の中心に座っているのに気づいた。

酒豪だった父への対抗意識もあって、若い頃は酒嫌いだった。ようやく五十代になってから、その父の呪縛からも解放され、人並みにお酒が好きになった。といっても、もともとアルコールに弱い上に、痛風の持病もあるので、たいして呑めるわけではない。それにボルドーやブルゴーニュのワインが気楽に呑める身分でもない。もっぱら安くて旨いお酒を探す。自分の気分にぴったりのお酒に出会うと、そこそこ呑んで楽しむ（ときにはちょっと適量を超える）。これがなかなかいい感じだ。

酒と同時に、この歌集の歌には、「乱」の気配が漂っていることにも思い至った。生業や歌で仕事をするたび、ざわざわとしたものが後味として残り、それが増幅・累積されていく。五十代後半になって、はじめて味わう感覚だった。

生業といえば、前歌集『青眼白眼』に続いて、面倒の多い大学運営の仕事を続けていた。「運営」といえばカッコいいが、私の本業は研究者であり、技術屋だ。運営は、他人の研究をサポートする予備役である。この予備役、歌集の時期は特に厄介な仕事がいくつか重なり、不器用な私は、ほんとうにもがき苦しんだ。気がつくと、用をたしおえた便器の前で立ちすくんでいる自分を発見する、などということもあった。

この前の歌集が『青眼白眼』で、今度は『古酒騒乱』——私という生き物の小さな移ろいを、このふたつの題は端的に表しているような気もする。たとえば、同じ「阮籍」を扱っても、二つの歌集でちょっと違う歌になっている。

竹の子よかの阮籍のいまあらば青眼白眼我はいづれぞ　『青眼白眼』
篠竹のささくれ竹の風折れや白目できない阮籍わたし　『古酒騒乱』

『青眼白眼』では、私は阮籍の客だった。この歌集では、阮籍となった（なりそこねた）自分を思っている。この高名な賢者からははるかに遠い私だが、彼からの距離をはかるなどは、この末世を生きるわれわれにも許されてよいのだろう。この思いは、私の日常を少しだけ広げたし、『古酒騒乱』という題の歌集を出す動機になっている気もする。

また、二〇一五年五月より「かりん」編集人となった。これまで四十年、岩田正・馬場あき子夫妻に甘えてきた。その岩田正先生も、二〇一七年十一月に長逝された。二〇一八年には「かりん」は創刊四十周年を迎えた。長くお世話になってきた短歌の世界で、自分の役割を果たす時期が来ていると感じている。

＊

世界中でナショナリズムの台頭する不穏な時代。私なども、ひとりの人間として、あらためて「国」とは何か、「市民」とは何か、「平和」とは何か、問い直してみなければと思う。

集中の連作「ちらんほたる」は、特攻隊基地のあった知覧で作られる焼酎を題材にしたもの。「飛鳥」は、訪れたこの地で七世紀の日本を思う連作とした。律令制度はもちろんだが、『古事記』完成だけをとってみても、この頃の宮廷知識人たちの優秀さには感嘆させられる。

歌ことばとともに生きる苦楽。何度か手放しかけたが、できなかった。たぶん死ぬまでできないだろう。そんな予感に震え、我にかえって苦笑しながら、ひとまず筆を擱くことにしたい。

坂井修一

二〇一九年二月二十日

歌集　古酒騒乱《こしゆさうらん》
かりん叢書第348篇

2019年7月25日　初版発行

著　者　坂井修一
発行者　宍戸健司
発　行　公益財団法人 角川文化振興財団
〒102-0071　東京都千代田区富士見1-12-15
電話03-5215-7821
http://www.kadokawa-zaidan.or.jp/
発　売　株式会社 KADOKAWA
〒102-8177 東京都千代田区富士見2-13-3
電話0570-002-301（カスタマーサポート・ナビダイヤル）
受付時間　11時～13時 / 14時～17時（土日祝日を除く）
https://www.kadokawa.co.jp/
印刷製本　中央精版印刷株式会社
 ISBN978-4-04-884293-8 C0092